Lösungen zu den Fragen der Lese-Rallyes findest du auf Seite 32.

Das Nachwort für Eltern schließt sich hieran an.

Bibliografische Information der Deutschen Nationalbibliothek
Die Deutsche Nationalbibliothek verzeichnet diese Publikation in der Deutschen Nationalbibliografie; detaillierte bibliografische Daten sind im Internet über http://dnb.d-nb.de abrufbar.

Dieses Werk folgt der neuesten Rechtschreibung und Zeichensetzung.

Auflage 3 2 1 | 2011 2010 2009
Die letzten Zahlen bezeichnen jeweils die Auflage und das Jahr des letzten Druckes.

www.diekleinenlesedrachen.de
Gruner + Jahr AG & Co KG, Hamburg
GEOlino ist eine Marke der Gruner + Jahr AG & Co KG
Teamleiterin Lernhilfen Grundschule: Susanne Schulz
Konzeption: Salomé Dick, Berlin
Redaktion: Christine Sämann
Umschlaggestaltung und Layout: Sabine Krohberger Grafikdesign, München
Umschlagillustration: Wibke Brandes, Bochum
Leitfiguren Drachen: Thomas Thiemeyer, Stuttgart
Satz: Noch & Noch GbR, Balve
Druck: G. Canale & C. S.p.A., Turin
Printed in Italy
ISBN 978-3-12-949014-3

DIE KLEINEN LESEDRACHEN

Marle und das verrückte Hexenturnier

Sandra Grimm
mit Bildern von Wibke Brandes

2. Schuljahr

Klett Lerntraining

Ein zauberhafter Besuch

Es ist Nacht.
Marle liegt im Bett.
Sie ist aufgewacht,
weil es gekracht hat.
„Rabenzahn und Hexenpups“,
hört Marle jemanden schimpfen.
Sie knipst das Licht an.
Da sitzt ein fremdes Mädchen!

Das Mädchen ist kunterbunt angezogen.
In seinem wirren Haar
hockt ein feuerroter Rabe
und grinst Marle frech an.

„Wer bist du denn?
Du hast mich geweckt!“,
schimpft Marle.
Plötzlich wirbelt
das fremde Mädchen herum
und steht kopfüber an der Decke.
„Ich bin die Hexe Floxi“,
kichert es.
„Und du sollst mit mir
zum großen Hexenturnier kommen.“

Floxi fuchtelt wild
mit ihrem Zauberstab herum.
„Rabenfeder, Hexenneid,
schnell das schönste Hexenkleid!“,
murmelt sie.
Und plötzlich sieht Marle
genauso kunterbunt aus wie Floxi.
„Vielleicht will ich gar nicht mit
zu deinem Turnier!“,
sagt Marle.

Die Hexe purzelt auf Marles Bett.
„Ach, bitte, bitte, bitte!“,
wünscht sie sich.
Sie berührt Marles Nase
mit ihrer spitzen Hexennase.
Glitzernde Sommersprossen
hüpfen auf Marles Nase hinüber.
Das kitzelt!
„Also gut“, sagt Marle kichernd.
„Aber warum?“

„Ich führe einen Hexentrick vor“,
strahlt Floxi.
„Und ich brauche eine Helferin.
Aber alle meine Hexenfreunde
treten selber auf.“
Marle springt aus dem Bett.
„Ich soll helfen?
Aber ich bin doch keine Hexe!“,
ruft sie verblüfft.
Floxi kichert.
„Du siehst aber ganz so aus!“

Lese-Rallye: Teil 1

Start

1

Was hüpft auf Marles Nase?

☐ grasgrüne Knallfrösche

☐ feuerrote Raben

☐ glitzernde Sommersprossen

2

Warum ist Marle aufgewacht?

☐ weil das Licht anging

☐ weil es gekracht hat

☐ weil sie Staub auf die Nase bekommen hat

Warum soll Marle der Hexe helfen?

☐ Sie hat den Hexentrick vergessen.
☐ Ihre Hexenfreunde haben keine Zeit.
☐ Sie hat sich ein Bein gebrochen.

3

Wie könnte der Rabe von Floxi heißen?

☐ Roter Ringelschwanz
☐ Rotes Rüsseltier
☐ Rote Rostfeder

Auf zum großen Turnier

Auf Floxis flottem Besen
sausen sie zum Hexenturnier.
„Warte hier“, sagt Floxi.
Marle entdeckt
hunderte Hexen auf ihren Besen,
brodelnde Hexenkessel
und seltsame Hexentiere.
Lila Blitze und goldene Funken
sausen durch die Nacht.

Wo ist nur Floxi hin?
Marle entdeckt Floxi
in einem Hexenzelt.
Sie flüstert mit der Hexe Freya.
Marle belauscht die Hexen.
„Du verzauberst dich selbst
wirklich in ein Wassermonster?“,
staunt Floxi.
„Verflixt und verhext noch eins.
Dagegen ist mein Gewitter
aber sehr langweilig.“

Hexe Freya sagt grinsend:
„Verzaubere doch die Junghexe,
die du mitgebracht hast.
Lass sie als Sternenstaub
durch den Himmel wehen."
„Beim Rabenschwanz!",
jubelt Floxi.
„Das ist eine tolle Idee!"
Sie kichern verschwörerisch.

Wütend rennt Marle vom Zelt weg.
„Das ist typisch Hexe!“,
schimpft sie.
„Erst schleppt Floxi mich hierher,
und dann will sie mich verzaubern.
Aber nicht mit mir.
Die wird sich noch wundern!“

Lese-Rallye: Teil 2

Wo entdeckt Marle die Hexe?

- [ ] in einem Hexenkeller
- [ ] auf der Hexenburg
- [ ] in einem Hexenzelt

Wie kommen Marle und Floxi zum Hexenturnier?

- [ ] Sie fliegen auf Marles altem Fahrrad.
- [ ] Sie fliegen auf Floxis Besen.
- [ ] Floxi zaubert sie dorthin.

Warum wird Marle wütend?

☐ weil sie vom Besen gefallen ist

☐ weil sie Hunger hat

☐ weil Floxi sie verzaubern will

3

Wie flucht die Hexe Floxi?

☐ Verstrickt und versteckt noch eins.

☐ Verflixt und verhext noch eins.

☐ Verzwickt und verschneckt noch eins.

Wer verzaubert wen?

Marle läuft über den Turnierplatz.
Wie gerne würde sie hexen können!
Auf einmal stolpert sie
über ein geheimnisvolles Buch.
„Das große Hexenbuch“, steht darauf.
Heimlich blättert sie darin.
„Das ist es!“,
ruft sie plötzlich.

Leise liest Marle im Hexenbuch:
„Von den Menschen
können nur die Kinder hexen.
In jeder Vollmondnacht
vermögen sie mit einem Zauberstab
ebenso gut zu zaubern wie Hexen."
Jetzt fehlt Marle
nur noch ein Zauberstab.
Auf den Hexenkesseln liegen
viele unbewachte Zauberstäbe.
Unbemerkt klaut sie einen.

Marle läuft fröhlich pfeifend
zurück zu Floxi.
„Wo warst du nur?“,
ruft Floxi aufgeregt.
„Wir sind dran!“
Sie zieht Marle auf die Bühne.
Dort verbeugen sie sich.
Floxi will mit dem Hexen beginnen.
Doch da ruft Marle schon:
„Rabenfeder, Hexenbein,
Floxi wird nun winzig klein!“
Sie hält den Zauberstab hoch,
der wie eine Wunderkerze funkelt.
Floxi schrumpft sofort.

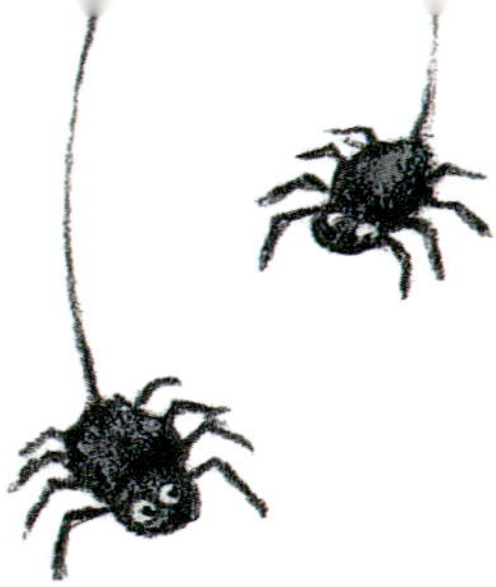

„He, das ist mein Zauberstab!“,
ruft der Hexenjunge Krips.
Er hat eine Glaskugel in der Hand.
„Sie hat ihn gestohlen!“
Marle lächelt Krips an.
„Nur ausgeliehen“, meint sie.
Sie gibt ihm den Zauberstab.
Doch dabei berührt sie
aus Versehen die Glaskugel!
Und – schwuppdiwupp –
Krips und Marle sind verschwunden.

Marle hat sich und den Hexenjungen
in die Glaskugel gehext!
„Verflixt und verhext,
das hast du ja gut hinbekommen",
hört Marle Floxi fluchen.
„Du bist auch hier?",
fragt Marle verdutzt.
„Tja, das kommt davon,
wenn man ein Menschenmädchen
reinlegen will!"

Lese-Rallye: Teil 3

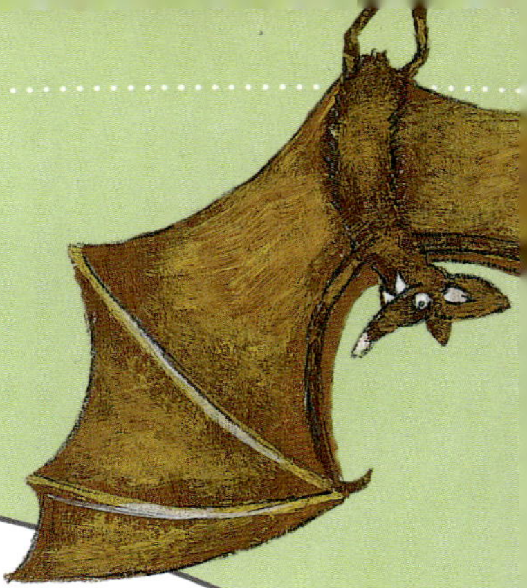

1

Worin liest Marle heimlich?

☐ in der Hexenfibel

☐ im Hexenbuch

☐ in der Hexenzeitung

2

Was hält Krips in der Hand?

☐ einen Besen

☐ einen Zauberstab

☐ eine Glaskugel

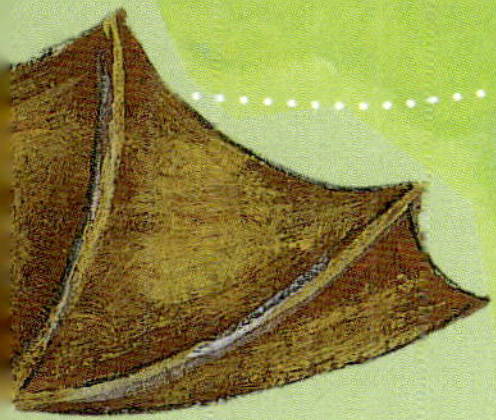

Warum ist Floxi aufgeregt?

- [ ] Sie hat den Zaubertrick vergessen.
- [ ] Marle fehlt kurz vor Floxis Auftritt immer noch.
- [ ] Sie hat noch nie um die Wette gehext.

3

Wo liegen unbewachte Zauberstäbe?

- [ ] unter Hexensesseln
- [ ] auf Hexenkesseln
- [ ] neben Hexenfesseln

Eine magische Freundschaft

„Nichts wie raus hier,
bevor uns alle auslachen“,
brummt Krips mürrisch.
Er schwingt seinen Zauberstab
und murmelt:
„Rabenfeder, Hexenhaus,
alle Hexen wieder raus!“
Es zischt gewaltig.
Grüner Rauch steigt
aus allen Ohren empor.
Mehr passiert nicht.

Jetzt nimmt Floxi ihren Zauberstab.
„Rabenfeder, Hexenlos,
alle Hexen werden groß!“,
ruft sie laut.
Es knallt.
Nun ist die Haut der drei lila
und auf ihren Haaren
tanzen kleine Ungeheuer.

„Warum hilfst du nicht mit?“,
fragt Krips Marle ärgerlich.
Floxi seufzt.
„Unsere Zaubersprüche
können nicht gelingen.
Jeder von uns braucht
einen Zauberstab.
Doch Marle hat keinen!“

„Stimmt!“, stöhnt Krips.
„Und was machen wir jetzt?“
„Ich habe eine Idee“,
ruft Marle plötzlich.
„Lasst es uns gemeinsam versuchen.
Wir fassen uns an den Händen.
Vielleicht reicht dann
die Kraft von euren Zauberstäben
auch für mich.“

Sie fassen sich an den lila Händen
und rufen laut:
„Rabenfeder, Hexenglück,
zusammen kommen wir zurück!"
Es knallt und zischt und blitzt.
Und endlich stehen sie
wieder auf der Bühne.
Die Zuschauer jubeln.
„Sie denken,
das gehört alles zum Auftritt",
flüstert Floxi erleichtert.
Die drei verbeugen sich grinsend.

„Das war der beste Zaubertrick!“,
ruft die Oberhexe.
Sie überreicht ihnen
den glänzenden Hexenkelch.
„Mir gehört er doch gar nicht,
ich bin ja keine Hexe“,
sagt Marle traurig.
„Aber das Zaubern macht mit dir
mehr Spaß als mit echten Hexen!“,
findet Floxi.
Und dann feiern sie zusammen
das schönste Hexenfest aller Zeiten.

Lese-Rallye: Teil 4

Was zaubert Floxi versehentlich in die Haare?

- [ ] niedliche Frösche
- [ ] kleine Ungeheuer
- [ ] winzige Raben

Was gewinnen sie?

- [ ] einen goldenen Hexenpokal
- [ ] einen magischen Hexenhut
- [ ] einen glänzenden Hexenkelch

Warum ist Marle traurig, obwohl die drei gewonnen haben?

- ☐ weil die Zauberstäbe kaputt sind
- ☐ weil sie keine Hexe ist
- ☐ weil sie in einer Glaskugel nicht zaubern kann

3

Wie heißt der Hexenjunge?

- ☐ Knirps
- ☐ Krips
- ☐ Krisp

Lösungen

Lese-Rallye: Teil 1

1. glitzernde Sommersprossen
2. weil es gekracht hat
3. Ihre Hexenfreunde haben keine Zeit.

Rote Rostfeder

Lese-Rallye: Teil 2

1. in einem Hexenzelt
2. Sie fliegen auf Floxis Besen.
3. weil Floxi sie verzaubern will

Verflixt und verhext noch eins.

Lese-Rallye: Teil 3

1. im Hexenbuch
2. eine Glaskugel
3. Marle fehlt kurz vor Floxis Auftritt immer noch.

auf Hexenkesseln

Lese-Rallye: Teil 4

1. kleine Ungeheuer
2. einen glänzenden Hexenkelch
3. weil sie keine Hexe ist

Krips

Die kleinen Lesedrachen – Lesen lernen mit dem Schulbuchprofi.

Mit Sachwissen-Poster von GEOlino

1. Schuljahr:
- kurze Textabschnitte mit hohem Bildanteil für Leseanfänger
- extra große Fibelschrift
- kurze, gegliederte Zeilen
- einfache, klar strukturierte Geschichten
- 32 Seiten

2. Schuljahr:
- längere Textabschnitte mit vielen Bildern für Erstleser
- große Fibelschrift
- längere Zeilen
- komplexere Geschichten
- 32 Seiten

Die kleinen Lerndrachen – Lernen mit System

üben

Übungsbücher mit dem kompletten Stoff eines Fachs pro Schuljahr.

nachschlagen

Der komplette Stoff der Grundschulzeit zum Nachschlagen plus zahlreiche Übungen auf CD-ROM.

testen

Testblock: Zahlreiche Testaufgaben mit Quizcharakter plus Lösungen und ausführlicher Auswertung.

Diese und weitere Klett-Lernhilfen sind im Buchhandel erhältlich.

Weitere Informationen unter **www.diekleinenlesedrachen.de**

Liebe Eltern,

Sie haben sich für ein Buch der **kleinen Lesedrachen** entschieden. Eine gute Wahl, denn mit diesen Erstlesebüchern des Schulbuchprofis Klett unterstützen Sie optimal den Leselern-Prozess Ihres Kindes.
Lesen als Basiskompetenz muss immer wieder trainiert und gefördert werden, damit Ihr Kind zu einem selbstbewussten und kompetenten Leser wird. Dabei darf es jedoch weder überfordert noch abgeschreckt werden.
Die kleinen Lesedrachen bieten Ihrem Kind eine motivierende Rundum-Leseförderung: **Lesen – Verstehen – Wissen und Handeln.** Ihr Kind erfährt durch Erfolgserlebnisse Lesen positiv und anregend und wird so zunehmend zum Lesen verführt.

LESEN

Die spannenden Geschichten der kleinen Lesedrachen fördern die Leselust:

- Geschichten und Themen entsprechen den Interessen und Vorlieben der Kinder.
- Kindgerechte Illustrationen unterstützen und ergänzen den Text.
- Verschiedene Lesestufen bieten den passenden Lesestoff für Leseanfänger bis zum fortgeschrittenen Leser.

Lesestufen

3. Schuljahr **für fortgeschrittene Leser**
längere Texte, Fibelschrift, textbegleitende Bilder,
komplexe Geschichten, 48 Seiten

2. Schuljahr **für Erstleser**
längere Textabschnitte, längere Zeilen, große Fibelschrift, viele Bilder,
komplexere Geschichten, 32 Seiten

1. Schuljahr **für Leseanfänger**
kurze Textabschnitte, kurze – nach Sinnabschnitten – gegliederte Zeilen,
extra große Fibelschrift, hoher Bildanteil,
einfache, klar strukturierte Geschichten, 32 Seiten

Erfolgserlebnis: Ich kann lesen!

Das Lesen eines ganzen Kapitels, gar eines ganzen Buches macht Ihr Kind stolz. Dabei können die beschriebenen Lesestufen nur ein Anhaltspunkt sein. Wichtig ist, Ihr Kind nicht zu überfordern und es – eventuell auch mit einem Buch einer niedrigeren Lesestufe – zum Lesen zu motivieren.